일타!
스토리!

● 프롤로그

오늘날 우리는 콘텐츠의 홍수 속에서 살아가고 있습니다.

웹툰, 웹소설, 영화, 드라마 등 다양한 형태의 콘텐츠가 쏟아져 나오고 있죠.

기술의 발달로 누구나 쉽게 콘텐츠를 제작할 수 있게 되었습니다.

하지만 콘텐츠 창작가들이 항상 부딪히는 가장 큰 관문은 바로 '스토리'입니다.

스토리 작법과 플롯에 대해 공부하고 연구하지만, 이론과 실전은 다르게 느껴집니다.

용어도 어렵고, 자신의 작품에 반영하기도 쉽지 않죠.

특히 초보자들은 기초를 무시하고 시작하다 보니 작품이 산으로 가는 경우가 많습니다.

15년간 스토리 강사로 활동해 온 저는 이러한 창작자들의 고민을 잘 알고 있습니다.

시중에 있는 작법서나 전문서적보다 쉽게 접근할 수 있는 길잡이가 필요하다고 생각했습니다.

스토리에 대한 고정관념을 내려놓고, 좀 더 자유롭고 재미있게 창작할 수 있도록 도와주는 것이 이 책의 목표입니다.

이 책을 통해 스토리 창작의 새로운 길을 발견하고, 창작 과정에서 힐링과 멘탈 관리의 방법을 얻어가시길 바랍니다.

일타! 스토리!

글·그림 홍경원

안녕하세요.
홍일타입니다.

이름 : 홍일타
직업 : 작가
베스트셀러 작가이자
재미서점 주인.

아. 안녕하세요…
작가님…

김 작가님한테
소개받고 오셨죠?

더우실 텐데
이쪽으로 오시죠.

어려 보이는데,
고수 맞아?

한잔 드세요.

감사합니다.

작가님이시니까 절 찾아오신 이유가 한 가지 밖에 없으실 것 같은데요?

네. 스토리 때문에 왔습니다.

재미있게 쓰고 싶은데 어떻게 쓸지 모르겠어요.

뭐가 문제인지도 모르겠고요.

굵적 굵적

그럼, 제가 한 번 설명해 볼까요?

아니, 그걸 어떻게 다 아세요?

쪽집게다

소름

대... 대단합니다.

대단하긴요. 누구나가 다 겪는 문제니까요.

누구나요? 그럼, 해결방안이 있을까요?

당연하죠! 스토리에 대한 '고정관념'만 바꾸시면 됩니다.

고정관념이요?

아니, 그게 무슨 말입니까?! 그건 표절 아닙니까?

작가로서, 그런 일을 하라는 겁니까?

에이~ 설마요. 그럴 리가요.

아이디어나 내용을 훔쳐오는 게 아닙니다.

심지어 이 방법은 스토리를 쓰는 모든 작가가 쓰고 있는 방법입니다.

모든 작가가. 쓰고 있다고요?

도대체 뭘 훔쳐오길래? 설마 사기 치는 거 아니죠?

그럼요.
예전부터 내려오는
스토리의 공식이죠.

공식이요?
스토리가
공식이 있다고요?
수학도 아닌데요?

네. 그것도 고정관념이죠.
그 생각도 내려놓는다면,
이야기를 쉽고 재미있게
쓸 수 있습니다.

나무명 작가님이
원하시는 것도
즐겁고 재미있는 이야기를
만드는 것 아닌가요?

어떠십니까?
여기까지 오셨는데,
속는 셈 치고
들어보시지 않겠습니까?

아. 네...
가르쳐 주세요.

제 작업실까지
걸으면서
얘기할까요?

아. 네.
좋습니다.

책이 많네

책방
거리인가?

작가님! 지금까지
기억에 남을 정도로
재미있게 본 작품은
어떤 게 있나요?

영화든 드라마든
만화든
상관없습니다.

16

아.

그러고 보니, 진짜 그렇네요!

재미있을 때는 생각이 없었어요!

정확히 말하면 다른 생각을 할 수 없었던 거죠.

아니, 여태까지 왜 그걸 눈치채지 못했지?

재미있는 이야기를 만드는 가장 중요한 첫 번째 요소!

절대! 독자나 관객들에게 딴 생각할 틈을 주면 안됩니다.

우리가 만든 이야기를 보는
그 순간만큼은

자신에게 뭐라고 하는 직장상사도,

자신의 학교 성적이나 밀린 청구서도

내일 있을 그 어떤 걱정도 생각나지 않게

오롯이 지금 여기에
집중하게 해야 합니다.

매일 바쁘고, 스트레스가 많은 현대인들은 현실에서 잠시 벗어나고 싶은 심리가 있습니다.

재미있는 이야기는 하나의 휴식같은 역할을 한다고 봅니다.

잘 기억해 두세요. 재미의 첫 번째 조건, 바로 '몰입'입니다.

아. 네네.

그럼, 두 번째 재미의 조건은 무엇일까요?

맞습니다. 공감!
이 세상의 모든 이야기는
바로 우리들의 이야기를
담고 있습니다.

더 정확히 말한다면,
우리는 이야기 안의
감정을 즐기는 것이지요.

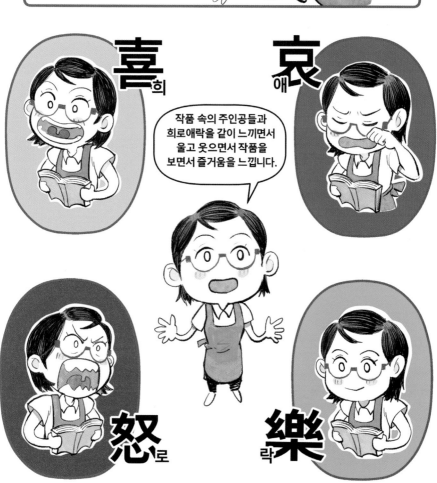

喜희

哀애

작품 속의 주인공들과
희로애락을 같이 느끼면서
울고 웃으면서 작품을
보면서 즐거움을 느낍니다.

怒로

樂락

자!
기세를 몰아서

그럼, 재미의
세 번째 조건은
무엇일까요?

또, 갑자기
물어보시는군요.

또 힌트
주... 시...

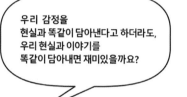

우리 감정을
현실과 똑같이 담아낸다고 하더라도,
우리 현실과 이야기를
똑같이 담아내면 재미있을까요?

아!

판타지!

빙고!

바로,
세 번째 조건은
'판타지' 입니다.

아까, 첫 번째 조건에서
말했다시피,

사람들은 현실에서
벗어나 쉼을 얻고 싶다고 했죠.

바로 사람들의 이런 희망을
담아야 합니다.

현실에서는 이루어지지
않지만,

우리가 보는
영화나 드라마나 만화에서는
반드시
이루어져야 하는 것이죠.

영원한 사랑

권선징악

소원성취

작품에서 자주 보여지는 영원한 사랑, 권선징악, 소원성취 등은 사실, 현실에서는 보기 쉬운 일은 아니죠.

하지만, 사람들은 그런 희망을 끝없이 추구합니다. 작품이 그런 희망들을 반영할 때, 우리는 또 다른 재미를 느끼게 됩니다.

작품이라는 것이 현실에서 벗어나 쉼을 찾고 판타지에 몰두한다면, 단지, 현실도피의 수단이 될 수 있습니다.

보는 사람들에게 휴식과 재미도 주지만, 현실로 돌아와서,

다시 자신의 삶을 살아갈 수 있는 힘이 되어주는 작품이 명작이라고 생각합니다.

저는 작가님이 재미있는 작품을 넘어, 명작을 만드시길 바라겠습니다.

자. 다음 단계를 알아볼까요?

네... 넵!

음...조선에 일본군이 쳐들어와서

이순신 장군이 거북선을 만들어서... 여러 가지 방해와 어려움이 있었지만,

극복해서, 일본군들을 명량해전에서 무찌르는 내용인가?

막상 설명하려니까, 생각이 나는 장면도 있고,

안 나는 장면도 있고, 어렵네요.

스토리를 말하려고 하면 우왕좌왕 설명하는 게 일반적이죠.

하지만, 스토리는 생각보다 심플하게 정리할 수 있습니다.

스토리는 대부분 누구의 이야기일까요?

당연히, 주인공의 이야기죠.

그럼, 영화 '명량'에서 주인공은 무엇을 원하나요?

이순신 장군이 왜군을 물리치려고 하죠.

네. 맞습니다. 스토리에는 항상 '주인공'과 '목적'이 있습니다.

즉, 스토리란 간단히 말해서,

주인공이 '목적'을 이루려고 하는 과정을 말합니다.

그렇다면, 주인공이 목적을 이루는 것을 방해하거나 막아야 합니다. 그런 역할을 하는 사람을 둬야겠죠.

아! 악당! 빌런!

네. 맞습니다. 스토리에는 주인공의 목적을 막는 인물이 있습니다.

더이상 못가!

목적

그런 인물을 저는 '안티주인공'이라고 부릅니다.

안티(ANTI) 즉, 주인공에 반대한다는 것이죠.

이들은, 스토리에서 가장 명확한 역할을 하고 있습니다.

배트맨에서는 '조커'가 안티주인공입니다.

해리포터는 '볼드모트' 가 안티주인공이죠.

많은 사람들이 안티주인공은 작가님이 알고 계신 것처럼 악당이나, 빌런으로 알고 있는데요.

안티주인공은 반드시 악당이나, 악역은 아닙니다!

좀 더 구체적으로 얘기하자면, 주인공과 다른 입장과 다른 의견을 가진 사람이라고 봐야 합니다.

예를 들면, 여기 주인공 A라는 남자가 B라는 여자를 좋아합니다.

그리고 C라는 남자도 B라는 여자를 좋아합니다.

주인공 A

여자 B

남자 C

예를 들면,
배트맨에서 나오는 안티주인공 '조커'도 악역이지만,
상처와 여러 가지 매력을 갖고 있는 인물이기에,
이야기를 더 흥미진진하게 만들어 줍니다.

심지어, 2019년에 '조커' 라는
영화가 만들어질 정도로
매력적인 캐릭터입니다.

물론, 안티주인공이 꼭 사람일 필요는 없습니다.
어떤 시대환경이나 고정관념일 수도 있고,

재난/재해
시대환경
자연환경
고정관념/편견

모험이나 탐험 또는 재난의 소재를 가진 작품같은 경우에는
험한 자연환경이나 재해가 안티주인공이 될 수도 있습니다.

자. 그럼, 스토리에는 주인공의 목표를 방해하는 안티주인공만 있을까요?

음. 목표를 도와주는 사람?

네! 빙고! 바로 '조력자'가 있습니다!

HELPER

HELPER

주인공을 정신적이나 물질적으로 도와주거나 힘이 되어주는 사람이죠.

셜록 홈즈

왓슨 박사

유명한 예를 들면, 명탐정 셜록 홈즈의 왓슨 박사를 뽑을 수 있습니다.

셜록 홈즈가 사건이 풀리지 않는 위기에 처해있을 때, 옆에서 어떤 힌트를 주거나, 어떤 우연찮은 행동이 사건해결의 단서가 되는 역할을 하죠.

아! 그러고 보니, 주인공을 도와주는 인물들이 곳곳에 있긴 있었어요!

탁

맞아요! 조력자들은 작품 곳곳에 나와 주인공들에게 힘을 보태주죠.

그런데 조력자라고 항상 도와주는 인물로 나오는 경우만 있지는 않아요.

그게, 무슨 말씀인지...

어떤 작품에서는 조력자가 주인공을 배신함으로써, 안티주인공으로 변하기도 하고

화기애애

따악

또는 오해가 풀려서 안티주인공이 조력자로 변하는 경우가 있습니다.

으르렁

으르렁

화기애애

영화 '아바타'의 경우, 주인공이 자신의 처음 세웠던 목적이 잘못된 것임을 깨닫고,

처음과는 다른 길을 걷게 됩니다. 그 행동은 더 좋은 다른 목적지로 주인공을 데려다주게 되죠.

아바타

주인공도 사람이기에 이야기에 따라 잘못 생각하거나, 타인으로부터 그 목적을 강요받는 경우도 있을 수 있겠죠.

작가의 주제의식에 따라, 목적이라는 나침반을 사용하는 것뿐입니다.

아하. 그렇군요.

스토리 기본에 대한 것은 여기까지입니다.

자. 지금까지 내용들을 정리해서 말씀해 보시겠어요?

아... 정..리 요?

모든 이야기는 주인공의 목표를 향해 진행된다.

그 목표는 단번에 이루어지지 않는데, 그 이유는 안티주인공(인물 또는 환경)의 방해나 대립 때문이다.

안티주인공도 나름의 사연과 사정이 있으며, 그 갈등이 이야기를 더욱더 재미있게 하는 요소가 된다.

조력자는 주인공의 목적을 도와주며, 이야기의 상황에 따라 조력자와 안티주인공은 입장이 바뀔 수도 있다.

굳! 아주 좋아요!

꼭 잊지 마시고 기억해 두세요.

자. 계속 이어서 우리는 우리의 목적을 향해 나가볼까요?

잘 따라오세요.

아. 넵!

훅(Hook)이란 바로 독자들이 우리의 작품을 보고 재미를 느낄만한 요소를 말하는 것이죠.

즉, 작품의 매력 포인트를 말하는 것입니다.

아이돌 노래를 보통 'Hook song'이라고 하죠? 후렴 부분이 사람들 머릿속에 계속 맴도는 매력이 있죠.

마찬가지로 작품도 매력으로 사람들을 사로잡아 보게 만들어야겠죠?

누군가 우리 작품에 대해서 소개받거나 들었을 때,

'와! 이 작품 재미있겠는데?!' 라고 느끼게 하는 것입니다.

보통 우리가 생각하는
히어로의 이미지는 크거나 강함입니다.

배트맨이나 아이언맨을 보더라도
일반인들이 상상할 수 없을 정도로
돈도 많고 장비도 좋죠.

그런데 개미만 한
히어로라니!!

사람들은 여기서
이 개미만 한 히어로에게
닥칠 위기가 걱정도 되지만

동시에 어떻게 빌런들을 물리치고 위기를 극복할까 하는 호기심과 궁금증이 발생합니다.

오호. 듣고 보니 그렇네요. 앤트맨에 대해서 들었을 때, 그런 생각을 했어요.

사람들은 그것을 보고 싶어 합니다.

즉, 참신한 소재와 특이한 캐릭터는 훅에 중요한 요소입니다.

우리도 평범한 사람보다는 특이한 사람을 궁금해하고, 끌리잖아요. 훅(Hook)에는 그런 요소가 필요합니다.

자. 또 다른 훅의 요소를 알아보겠습니다.

작가님. 만일 슈퍼맨과 배트맨이 서로 싸운다면 어떨까요?

배트맨과 슈퍼맨이 싸움을요?

악당들을 처리하는 두 영웅이 싸운다고요? 뭔가 이상하면서도 궁금한데요?

네. 궁금하시죠? 실제로 2016년에 개봉한 영화랍니다.

VS

일단 그 당시 영화의 예고편만 봤을 때, 사람들은 작가님처럼 아마 다들 비슷하게 생각했을 것입니다

왜 빌런이 아니라
히어로끼리 싸우지?

슈퍼맨과 배트맨은
둘다 선을 대표하는
인물인데?

이해가 안 돼!
하면서

둘의 대결을
확인하러
극장에 갔을 겁니다

사실, 우리는 화려한 불구경을 좋아하지만,

복잡하고 긴장되는 싸움구경을 더욱 더 좋아합니다.

아니거!
혼나볼래?!

너나말로
혼나볼래?!

즉, 대립은 작품에서 가장 중요한 요소이죠.

하지만, 여기서 대립은 반드시 인물과 인물 간의 이야기일 필요는 없습니다.

영화 - 스쿨 오브 락

고지식하고 꽉 막힌 명문 초등학교에서 음악시간에 락을 가르치는 선생님의 이야기

만화 - 하이큐

최강의 스파이커가 되고 싶은 키 작은 배구소년의 이야기

위의 작품들처럼 어떤 환경이나 특이한 상황과의 대립 요소가 강력한 훅(Hook) 이 될 수 있습니다.

'흥미로운 대립'은 제가 생각하는

훅(Hook)의 중요한 두 번째 요소입니다.

어느 날 재벌총수의 손녀가 살해당합니다.

화가 난 재벌총수는 그 살인범의 목숨에 현상금 100억을 겁니다.

살인마는 경찰에 자수를 합니다.

경찰이 살인마를 시민으로부터 지켜야 하는 모순된 상황이 발생하는데,

우리는 이런 모순을 '아이러니' 라고 합니다.

'아이러니' 요?

네. 이런 모순된 상황 속에 처해진 인물들을 보면서, 우리는 새로운 재미를 느낄 수 있습니다.

또 다른 작품을 한번 설명해 볼게요.

아. 네...

마약반 형사들이 범인들을
잡으려고 합니다.

뭔가 있어...
수상해...

의심이 되는 아지트를 발견하고
잠복수사를 하게 되죠.

잠복수사가 길어질 것 같아,

치킨집으로 위장해 범인들을
감시합니다.

하지만, 치킨집이 맛집으로 대박이
나버리게 되고,

형사들은 치킨집을 운영해야 할지
형사 일을 해야 할지 갈등을 느끼게 됩니다.

하지만, 주의점이 있어요!

혹(Hook)이 좋다고 반드시 재미있는 작품은 아닙니다.

TV로 본 예고편이 재미있어 보여서, 영화관에 갔는데,

와! 재밌겠다.

실망하거나 실컷 자고 나온 경험이 한 번쯤은 있으시죠?

쿨쿨쿨

위의 예시로 들었던 작품들은 혹(Hook)이 좋은 작품들이지만 모든 작품이 다 성공한 것은 아닙니다.

아. 그런가요? 전부 재미있어 보였는데?

외모가 뛰어난 멋진 사람을 만나면, 우리는 보통 그 매력에 빠지게 되죠.

하지만, 시간이 지날수록, 처음 느꼈던 그 감정은 조금씩 무뎌지게 됩니다.

외모 외에도 여러 가지 면들을 알게 되면, 그 사람이 어떤 사람인지를 정확히 알게 되죠.

와! 멋있다!

작품도 마찬가지입니다. 작품에서 첫인상이 훅(Hook)이라면, 사람들은 훅(Hook)이 좋을수록 기대치가 올라갑니다.

하지만, 작품을 볼 때, 훅(Hook)보다는 이야기의 흐름에 더 몰입하게 되기 때문에 이야기가 받쳐주지 못한다면, 기대한 만큼 실망하게 됩니다.

기대치

전체적인 스토리 구성을 하지 않고,
사람들의 이목을 끄는
훅(Hook)에만 의존해서,

龍頭蛇尾
(용두사미)

작품을 만든다면 용두사미로
끝날 확률이 높습니다.

그렇다고 스토리의 내실만 다지고,
훅(Hook)을 소홀히 한다면,

콘텐츠의 홍수 속에 사는 요즘 같은
시대에 눈에 띄기는 쉽지 않겠지요.

그런데, 굳이 한두 줄로
정리하는 이유는 무엇인가요?

자세히 설명하는 게
더욱더 낫지 않나요?

아. 물론 그렇긴 하죠.
하지만, 이야기를
설명하기에는
너무 길고,

시간이 많이 걸리기에,
간략히 작품의 컨셉과
특징을 정리하는 것이죠.

로그라인은 빠르게 독자들에게
작품에 대해 소개를 하기도 하고,
출판편집자나 PD 및 심사위원에게
어필하기 위해서도 작성합니다.

출판편집자나 PD, 심사위원들은
지금 이 순간에도 수많은 작품들을 보고 있으며,
그중에 좋은 작품을 항상 찾으려고 합니다.

윤, 아이디어가
좋은데...

좋은 작품없나?

어디서 본듯한 작품
같아...

수많은 작품들 속에서 그들의 눈에
띄려면 로그라인이
잘 작성되어야 합니다.

로그라인은 작품의 잘 다듬어진 카피문구이자,
곧 작품의 매력(Hook)을 동시에 담고 있습니다.

컨셉(Concept)

훅(Hook)

즉, 한마디의 설명으로 상대방의
관심을 휘어잡는 것이죠.

하지만, 제임스 카메론은 영화 타이타닉을 제작할 때, 다음과 같은 로그라인을 말했습니다.

제가 이번에 만드는 타이타닉은 '침몰하는 배 속의 로미오와 줄리엣' 입니다.

영화 타이타닉에 대해, 정말 간결하면서 작품의 모든 것을 설명한 좋은 문장이죠.

그렇게 영화 타이타닉은 비극의 타이타닉이 아닌 영원한 사랑의 타이타닉으로 태어났죠.

와!진짜 명감독은 다르긴 다르네요.

네. 틀리진 않았는데,
사실, 뭔가 특별한 게 없죠.

특히, 이순신 장군 이야기는
우리가 어릴 때부터 듣던 이야기라,
더욱더 특별한 것이 있어야 합니다.

음... 특별한 것이라...

명량의 카피문구가 뭐죠?
신에게는 아직...12척의...

아-앗!

12척의 배로 300척의
왜군의 침략을 물리친
장군의 이야기!!!

좋은데요!

앞에서, 예를 든 앤트맨을 보더라도, 그 전에 히어로들은 다들 강하고 힘이 쎈 캐릭터였습니다.

ANT-MAN

하지만, 거대한 파워는커녕 키가 작은 히어로라면? 하고 생각을 조금만 바꾼 것이죠.

또, 앤트맨 뿐만 아니라, 히어로들 중에는 다양한 캐릭터들이 있죠.

생활고에 시달리고 고민하는 히어로는 누굴까요?

아! 스파이더맨!

그렇죠.
스파이더맨 자체로도
거미 초능력이라는 독특한
매력이 있지만,

아이언맨이나 배트맨처럼
돈이 많은 캐릭터가 아닌
생활고를 걱정하는 일반인의
삶을 살고 있는 히어로라는 기획 또한
우리들에게 공감을 받고 있는 것이죠.

자. 그럼 이제 앞으로
히어로들은 어떻게 달라질까요?

만약 작가님이 히어로물을 쓰신다면,
기존의 히어로와는 다른 관점에서
보시면 되겠죠.

히어로물 뿐만 아니라,
다른 장르도 마찬가지입니다.
'새롭게'가 아니라 '다르게'
보면 됩니다.

'새롭게'가 아니라 '다르게'!
진짜 그러고 보니, 그렇군요!

그런데, 그 방법을 알고 있어도
막상 기획을 생각하려면
또 어려울 것 같아요.

시무룩ㅡ

네. 물론
다르게 보려면
훈련이 조금 필요하죠.

작가님같은 분들을
위한 마법의 주문이
있습니다.

마...
마법의 주문이요?

그...
그게 뭔데요?

'만약 ~라면' 입니다.

'만약~라면?' 이요?

네. 맞아요.

'만약 주인공이 ~라면' 이라고 주문을 외우듯이 생각하는 것입니다.

그것이 말이 되든 안 되든 일단 시작해 보면 많은 아이디어가 나옵니다.

예를 들면,
만약, 빌런을 물리쳐야 하는
히어로가 악당이라면?
수어사이드 스쿼드의 설정이죠.

만약, 사람들을 변호해야 할
변호사가 자폐장애인이 라면?
이상한 변호사 우영우의 설정입니다.

만약, 현대의 유명한 의사가
조선시대로 간다면?
닥터 진의 설정이죠.

자. 그럼 기획 발상을 돕기 위한 4가지 방법을 소개해 볼게요.

작가님같이 기획에 익숙하지 않은 분들이 가볍게 따라 해보기 좋습니다.

첫째, 성별 또는 라이벌의 몸을 바꿔본다.

여자 ⟷ 남자

남성 여성이 바뀌는 이야기는 아마 한 번씩은 봤을 겁니다.
캐릭터들이 서로 바뀌었을 때 혼란을 겪게 되는 상황에 놓이게 되어 많은 재미를 느끼게 해줍니다.
또 추구하는 바가 다른 라이벌들이 서로 바뀌면서 이해해가는 과정도 매우 흥미롭게 해주는 요소이기도 합니다.

예시 작품으로는 드라마-시크릿가든, 애니메이션 - 너의 이름은 등등이 있습니다.

둘째, 직업을 바꿔본다.

경찰

락커

각각의 직업들이 갖고 있는 고유의 특성과 역량이 있듯이
서로의 역할이 바뀐다면 재미있는 상황을 만들어 냅니다.
예를 들면 도둑이 경찰이 된다든가 악당들이 히어로가 된다든가
하는 설정들이 있겠지요.

예시 작품으로는 영화- 스쿨 오브 락, 영화- 수어사이드 스쿼드가 있겠네요.

셋째, 시대를 바꿔본다.

2023년

1800년

과거, 현대, 미래 각각의 시대에는 그 시대만의 가치관과 문화의 특징이 있죠.
이것을 바꾸었을 때, 시대 차이에서 오는 재미있는 상황을 연출할 수 있습니다.

예시 작품으로는 앞서 말한 드라마-닥터 진이 있습니다.

넷째, 캐릭터에게 독특한 성격이나 약점을 넣는다.

배구선수지만 키가 작다거나
변호사지만 자폐증을 앓고 있다든가
이런 캐릭터의 특징들은 역할을 수행할 때
약점이 될 수도 있지만,
반대로 이야기를 진행할 때
다른 양상으로 진행되거나
독자들의 고정관념을 깨는 재미를
줄 수 있기 때문에 많이 쓰이는 방법입니다.

예시 작품으로는 만화-하이큐,
드라마-이상한 변호사 우영우가
있습니다.

간단히 4가지를 말했지만 이외에도
여러 가지 방법이 있을 수 있고

성별이나 라이벌 몸 바꾸기

직업 바꾸기

시대 바꾸기

약점이나 특이점 넣어주기

4가지 방법을
서로 섞어쓰는 경우도 있습니다.

와~ 이런 곳이
있을 줄이야.

멋있어요.

제가 스토리를 쓰는
개인 작업실입니다.

이런 데서 작업하면
스토리가
잘 써질 것 같아요.

부럽다

드세요. 작가님.

네. 감사합니다.

이제, 곧 해가 질 것 같으니 바로 이야기를 시작하겠습니다.

아. 넵

기획하는 법도 배우고, 사람들에게 내 작품의 매력을 어필하는 법도 알아봤습니다.

'좋은 기획과 좋은 설정' 많은 분들이 이 단계까지는 무리 없이 진행합니다.

지금, 우리가
이렇게 이야기를 나누는 동안에도
세상에는 많은 스토리를
가진 작품들이 나오고 있습니다.

우리가 알고 있는 이야기는 사실
수천, 수백 가지가 되지만,

자세히 보면
각각 작품이 서로 다르면서도
또 서로 엇비슷하다는 것을
알고 있습니다.

얼레.
신기하네...

몇 가지 주제나 소재로 묶어보면
사랑, 우정, 탈출, 성장, 복수 등등으로
몇십 가지로 분류할 수 있습니다.

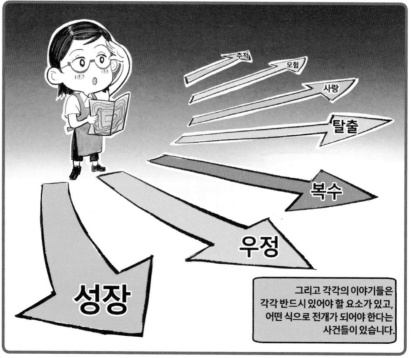

그리고 각각의 이야기들은
각각 반드시 있어야 할 요소가 있고,
어떤 식으로 전개가 되어야 한다는
사건들이 있습니다.

오랜 세월 동안 많은 작가들과 이야기로부터 재미있고 흥미롭다고 검증되거나 구축된 구성이나 패턴들을 플롯이라고 합니다.

쉽게 얘기하면, 작품의 뼈대, 혹은 작품을 재미있게 해주는 지도라고 보면 됩니다.

조금, 이해가 되세요?

네. 이해가 되는 것 같긴 한데, 아직 자세히는…

자. 그럼 우리가 많이 보는 사랑의 플롯, 즉 로맨스 장르를 예로 들어서, 같이 알아볼게요.

그러다 어느 날,
어떤 사건으로 인해
두 사람이 고립되거나,
갇히는 사건이 벌어집니다.

그렇게 두사람은
같은 처지에 놓이게 되고,
처해진 위기상황을
극복하려 합니다.

그 상황에서 서로에게
쌓인 오해나 감정을 풀게 되고,
가까워지는 계기가 됩니다.

104

남주와 여주의
상황과 관계

남주와 여주의
갈등과 대립

사건을 계기로
남주와 여주
관계 변화

외부 상황으로
관계 위기

위기를 극복 후
관계 유지 및 완성

간단히 이야기를
정리해 보자면
이렇습니다.

네. 듣고 보니,
대부분의 로맨스들이

같은 패턴으로
진행된 것 같아요.

네 맞습니다.
물론, 표현하는
개성과 느낌은
다르지만,

큰 틀 안에서
변화를 주는 것이지.
이야기는 비슷한
경로로 움직입니다.

범죄사건, 예를 들면
살인사건이 발생합니다.

주인공
(탐정 또는 형사)

주인공은
사건 의뢰를 받게 되고,
범인을 수사합니다.

첫 번째 용의자가
나타납니다.
주인공은
그를 의심합니다.

어꺠
어디 게셨죠?

왜
이러세요?

하지만, 첫 번째 용의자는
범인이 아닙니다.

범인이
아니잖어!

수사하던 중 새로운 실마리나 증거가 발견되고,

저 사람이 의심스러워...

날 의심하는 눈빛?

그 증거를 토대로 두 번째 용의자가 나타납니다.

하지만, 두 번째 용의자 또한 범인이 아님이 밝혀지고,

뭐야?! 범인이 아니잖아?!

사건은 미궁에 빠지고 주인공은 절망에 빠집니다.

도대체 범인이 누구야?

이젠 정말 모르겠어.

초심으로 돌아가 사건을 전면 재조사하던 중

아! 생각났다!

놓치고 있었던 증거를 발견합니다.

제3의 용의자를 찾아내고 진범임을 알아냅니다.

바로 당신이 범인이야!!

헉!

범인을 체포하고 그리고 사건을 마무리 합니다.

안 들킬 수 있었는데...

사건해결!

먼저, 기본을 알아야 우리가 활용을 하고 변형을 할 수 있듯이

여러 가지 플롯을 책이나 작품을 통해서 알아두는 게 좋습니다.

여러 가지 플롯의 특징을 알아두는 게 좋겠군요.

아, 뭔가 작품 쓰기에 막연했던 것이 조금씩 보이는 것 같아요. 작가님.

다행이네요. 차 한잔하고 그럼, 다음 단계로 가볼까요?

네. 넵!

아. 그럼 우리가 배운 발단, 전개, 절정, 위기, 결말이

사실은 플롯이었군요.

네. 큰 의미로는 맞습니다. 지금부터는 우리가 많이 접하는 상업적인 작품들의 플롯 구조를 알아볼 거예요.

네. 넵

앞에서는 장르의 특징으로 설명드렸지만, 이번에는 전체적인 구조이기 때문에 알아두시면 편할겁니다.

소설이나 드라마, 웹툰도 같은 구조지만, 분량이 많기 때문에 2시간 짜리 영화를 기준으로 설명해 보겠습니다.

자. 각 단계별 설명을 해보겠습니다.

먼저, 발단입니다.

발단

작가님은 이야기의 발단이 어디까지라고 생각하세요?

음. 발단이라 하면, 이야기의 시작이니까...

앞부분인데, 앞부분에 나오는 게...

주인공하고 안티주인공의 소개나 등장까지가 아닐까요?

더 정확히 포인트를 집자면,

바로 주인공의 '목적'이 설정되거나 시작되는 순간까지입니다.

예를 들면, 누구를 구출해야 된다든가, 살인사건을 해결해야 한다든가, 전쟁을 막아야 한다든가

좋아! 결심했어!

원하든 원하지 않든 각 스토리에는 주인공의 목적이 있습니다.

구성단계 설명을 도와 줄 주인공입니다.

작품의 목적이나 임무에 주인공이 본격적으로 뛰어드는 순간이 바로 '발단'이라고 볼 수 있습니다.

2시간 영화 기준

약 20분~30분

발단

전개1

참고로 주인공의 목적 결심은 영화를 기준으로 20~30분 내외로 나와야 합니다.

만약, 30분을 넘겨버리면, 관객들은 작품에 대해 갈피를 못 잡게 되고, 지루하게 될 것입니다.

와~ 그런 게 있었군요.

어쩐지, 목적이 뭔지 몰랐던 작품은 지루했던 거 같아요.

발단 부분에는 작품의 배경, 시대, 주인공의 등장과 주인공 주변 등 상황설명이 필요합니다.

주인공의 성격을 잘 드러내는 에피소드로 구성합니다.

발단

주인공은 누구?

주인공의 상황은?

주인공의 트라우마?

주인공이 원하는 것?

122

앞에서 예시로, 사이가 안 좋은 두 남녀가 한 공간에 갇히게 되면서 관계가 변하는 계기가 됐듯이

이 전환점은 지금까지 진행해 왔던 상황이 바뀌는 포인트입니다.

조력자 → 안티주인공

안티주인공 → 조력자

이 부분에서는 주인공의 관점이 바뀌거나, 안티주인공이 조력자로 조력자가 안티주인공으로 변하는 일도 있습니다.

전환점이라,,, 잘 몰랐던 부분인데요.

네. 전환점은 긴 전개 부분을 재미있고 더욱더 긴장감 있게 만들어주는 점프대입니다.

전개2

점점 꼬인다~

전환점 다음은 전개2 부분입니다. 전환점에서부터 바뀐 상황은 주인공이 처해진 상황을 더욱더 복잡하게 만듭니다. 갈등도 더욱더 심화되는 양상을 보여주게 됩니다.

전개 부분을 다시 정리하자면, 주인공의 상황은 이런 양상으로 진행됩니다.

전개1

전환점

전개2

점점 혼란스러워지죠.

그 다음은 위기 부분입니다.

위기

위기는 말 그대로 주인공이 헤쳐나올 수 없는 위기상황에 처해지는 단계입니다.

외부적인 압력이나 사건으로 주인공은 신체적 또는 심적으로 기사회생할 수도 없는 상황에 마주하게 되는 부분입니다.

대부분, 절정에서 주인공은 안티주인공을 물리치거나 방해를 뚫고 자신이 원하는 목적을 이루어 냅니다.

VICTORY!

모든 스토리에서 가장 극적인 장면이며, 작품의 주제가 되는 부분이기도 합니다. 앞에서의 모든 단계는 이 절정을 향해 달려왔다고 볼 수 있습니다.

산 정상에서 경치가 좋은 것처럼 절정 부분은 가장 멋있고 화려하고 인상적인 장면으로 채워넣는 것이 좋습니다.

경치좋다~!

이제 마지막 단계인 결말 부분입니다.

결말

결말은 이야기의 마무리 단계입니다. 결말은 가급적 빨리 끝내는 것이 좋습니다. 절정에서 모든 사건이 해결되기 때문에 독자들은 그 감동과 여운을 안고 작품을 떠나야 합니다.

신속하게 내려오자!

결말이 너무 길어지면 감동과 여운의 느낌이 약해지거나 변할 수 있어서, 결말은 깔끔하게 정리가 되어야 합니다.

아~ 재밌었다.

지금까지 설명을 요약해 보겠습니다.

발단

주인공의 '목적'이 설정되거나
시작되는 순간까지를 말합니다.
2시간 영화 기준 약 20~30분 사이이며,
주인공의 상황 및 성격 및 트라우마에
대한 정보가 전달되는 구간입니다.

전개1

주인공과 안티주인공의
대립 위주로 진행되며,
주인공의 목적에 대한
시도는 실패되거나
저항을 받습니다.
조력자 및 안티주인공의
이야기들도 진행이 되며,
발단보다는 천천히 진행되지만
긴장감 유지는 필요합니다.

전환점

이야기의 국면이 전환되거나
양상이 바뀌는 구간입니다.
주인공의 목적이 변경되거나
주인공의 인식의 변화가 오는
구간입니다.
또는 주변 상황이 바뀌어
주인공의 선택에 영향을 줍니다.

안티주인공이
조력자로 변하거나
조력자가 안티주인공으로
변하는 일이 벌어지기도
합니다.

전개2

전환점으로 변화된
상황은
주인공과 주변인물들을
더욱더 복잡하고
혼란스럽게 합니다.

133

위기

주인공이 헤쳐나올 수 없는
위기상황에 처해지는
단계입니다.
이 부분은 깊으면 깊을수록
절정 부분에서 큰 카타르시스를
느끼게 합니다.

절정

스토리의 정점이자 갈등 및 문제를
해결하는 단계입니다.
위기에 떨어진 주인공이 각성을 하거나,
새로운 증거 또는 활로를 찾아서
사건이나 문제를 해결합니다.
안티주인공의 저항을 이겨내고
목적을 달성합니다.
가장 멋있고 화려하고 작가가
표현하고자 하는 장면이
드러나는 구간입니다.

VICTORY!

결말

이야기의 마무리로
작품에 대한 독자의 여운을
위해 빨리 끝내는 것이 좋습니다.

여기까지가
7단계 구성의
각 단계별 설명입니다.

와~ 이런 구조를 모르고 계속 스토리를 써왔으니 저도 참 ...

쓰다가 멈추고, 쓰다가 멈춘 이유를 알겠네요.

이제라도 아셨으니 다행이죠.

아마, 작품 쓰시는데 중요한 지표가 될 거예요.

자! 그럼 여기서 퀴즈를 하나 내보겠습니다.

갑...갑자기. 퀴... 퀴즈요?

아! 절정!

예. 맞습니다!
절정이 모든 사건의
해결 및 갈등이 풀리는

작가가 가장 보여주고 싶은
임팩트가 있는 부분이기 때문에
먼저 절정의 내용을 정하고
이야기를 시작해야 합니다.

절상에 가는게
목적이자 시작이다.

절정

결말

위기

전개

발단

절정을 정하지 않고
발단부터 시작한다면
앞에서 말했듯이
스토리가 용두사미가
될 수 있어요.

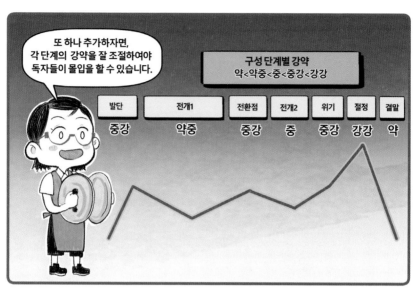

모든 작품이 정확히
7단 구성으로 되어있지는 않지만,
저런 리듬의 구조를 파악하는 게
가장 중요합니다.

상업적인 작품을 하신다면,
이 플롯구조에
익숙해지는 것이 중요합니다.
반드시 도움이 될 것입니다.

자. 그럼.
다음 단계로 가실까요?

쉼터에서 복습할 겸
쉬면서 휴대폰으로 영화 한편 보죠.

네...넵...

141

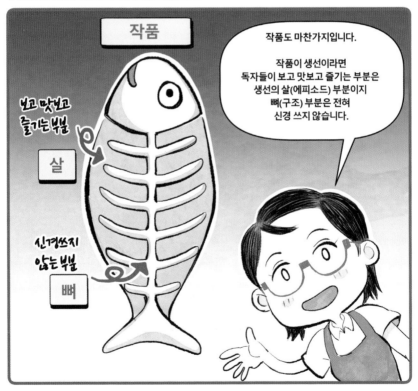

영화 부산행을 분해하기 전에 설정부터 알아보겠습니다.

주인공
아빠

서브주인공
딸

먼저,
주인공인 아빠와 딸입니다.
두사람은 좀비를 피해
안전한 곳으로 가는 것이
목적입니다.

안티주인공
좀비입니다.

안티주인공
좀비

좀비는 안티주인공이자,
환경적요소로는
재난에 해당됩니다.

스토리가 진행되는 시대는 현대,
장소는 KTX 고속열차입니다.

시대
현대

장소
KTX

KTX

열차 안이라는 밀폐된 곳에서
벌어지는 사건은 긴장감을
주기에 충분합니다.

148

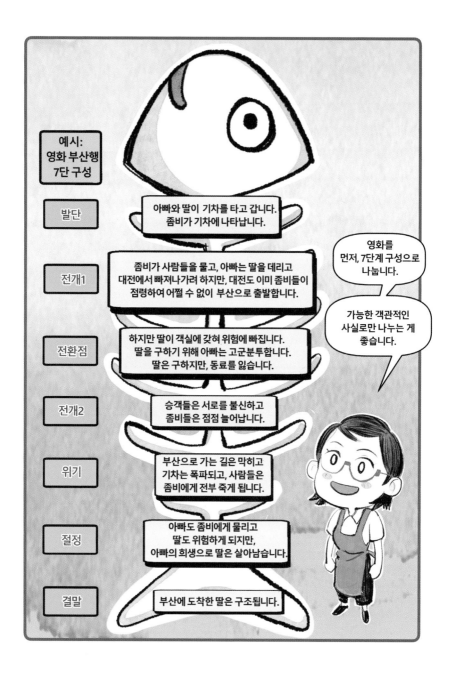

예시:
영화 부산행
7단 구성

발단
아빠와 딸이 기차를 타고 갑니다.
좀비가 기차에 나타납니다.

전개1
좀비가 사람들을 물고, 아빠는 딸을 데리고
대전에서 빠져나가려 하지만, 대전도 이미 좀비들이
점령하여 어쩔 수 없이 부산으로 출발합니다.

전환점
하지만 딸이 객실에 갇혀 위험에 빠집니다.
딸을 구하기 위해 아빠는 고군분투합니다.
딸은 구하지만, 동료를 잃습니다.

전개2
승객들은 서로를 불신하고
좀비들은 점점 늘어납니다.

위기
부산으로 가는 길은 막히고
기차는 폭파되고, 사람들은
좀비에게 전부 죽게 됩니다.

절정
아빠도 좀비에게 물리고
딸도 위험하게 되지만,
아빠의 희생으로 딸은 살아남습니다.

결말
부산에 도착한 딸은 구조됩니다.

영화를
먼저, 7단계 구성으로
나눕니다.

가능한 객관적인
사실로만 나누는 게
좋습니다.

여기까지가 뼈를 발라낸 작업입니다.
어느 정도 살덩어리는 남아있지만,
간단히만 하겠습니다.

자. 이 상태에서 앞서 배운
기획 및 설정을 바꿔서 뼈대 위에
올려놓을 겁니다.
앞에 말씀드린 간단히
기획하는 방법 기억나시나요?

아. 네
캐릭터 성별 바꿔보기
직업 바꿔보기...
등등...인가요?

성별이나 라이벌 몸
바꿔보기

직업 바꿔보기

네. 맞습니다.
작가님이 좋아하는
장르나 컨셉을
기반으로

네 가지 요소 외에도
다르게 변경할 수 있는
요소를 변경해 보는 겁니다.

시대 바꿔보기

약점이나 특이점
바꿔보기

부산행	→	새로운 작품
아빠와 딸이 기차를 타고 갑니다. 좀비가 기차에 나타납니다.	발단	남주와 여주는 연인관계이자 비밀요원으로 비밀임무를 수행하기 위해 떠납니다.
좀비가 사람들을 물고, 아빠는 딸을 데리고 대전에서 빠져나가려 하지만, 대전도 이미 좀비들이 점령하여 어쩔 수 없이 부산으로 출발합니다.	전개1	남주와 여주가 탄 비행기는 테러범들에게 납치되고 비행기 경유지를 통해 탈출하려 하지만, 테러범들의 감시로 인해 실패하게 되고, 다시 비행기에 타게 됩니다.
하지만 딸이 객실에 갇혀 위험에 빠집니다. 딸을 구하기 위해 아빠는 고군분투합니다. 딸은 구하지만, 동료를 잃습니다.	전환점	테러범은 국가와 협상과 동시에 승객을 한 명씩 죽이기 시작합니다. 테러범은 비밀요원을 눈치채고 남주와 여주는 필사적으로 빠져나와 화물칸에 숨습니다.
승객들은 서로를 불신하고 좀비들은 점점 늘어납니다.	전개2	남주와 여주는 테러범들을 소탕하고 테러범 두목은 비행기에 폭탄을 설치합니다.
부산으로 가는 길은 막히고 기차는 폭파되고, 사람들은 좀비에게 전부 죽게 됩니다.	위기	폭탄 폭발로 비행기는 추락하고, 승객들을 대피시키지만, 두목의 방해로 낙하산이 하나만 남습니다.
아빠도 좀비에게 물리고 딸도 위험하게 되지만, 아빠의 희생으로 딸은 살아남습니다.	절정	남주는 두목과 사투를 벌이고, 하나 남은 낙하산을 여주에게 주고, 두목과 함께 추락합니다.
부산에 도착한 딸은 구조됩니다.	결말	여주와 승객들은 구조됩니다.

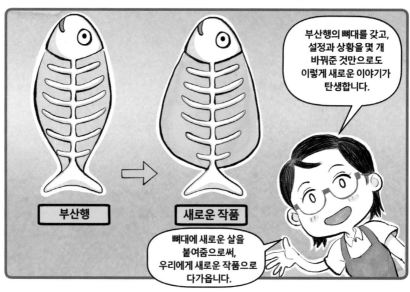

영화 아바타도 동일합니다.

가짜로 위장을 한 주인공이 진짜의 역할을 함으로써 벌어지는 이야기 구조인데요.

아바타	
광해	광대가 왕이 되는 내용
스쿨 오브 락	락가수가 음악선생이 되는 내용

영화 '광해'나 영화 '스쿨 오브 락'도 비슷한 구조 및 다른 설정으로 봐도 무방할 만큼 참고할 만합니다.

위의 예시를 든 작품 외에도 비슷한 구조의 작품들은 많습니다.

스토리를 쓰는 사람들이라면 그런 구조들에 익숙해질 필요가 있습니다.

그렇다면,
뼈대가 비슷한 작품들이
많다는 건데...

예시가 또 있을 수
있을까요?

네. 당연하죠.
물론, 원작자들이 제가 말한
뼈대를 써서 제작했다는 근거는
없습니다.

다만, 플롯과 구조가
비슷하면 어느 정도
흐름에 유사성이 있다
정도로 봐주시면 될 것 같아요.

지금부터,
스릴러 장르인
영화 부산행과
흐름이 유사한
로맨스 장르 영화
한 편을 알아보겠습니다.

아마, 깜짝 놀라실 거예요.
머릿속으로
잘 따라와 보세요.

| 주인공
아빠 | → | 주인공
가난한 청년 | | 서브주인공
딸 | → | 서브주인공
귀족집 딸 |

| 장소
KTX | → | 장소
큰 배 |

| 안티주인공
좀비 | → | 안티주인공
배의 침몰 |

아! 타이타닉!

와! 이걸 왜
여태까지 몰랐지?

저 방금
소름 돋았어요!

물론, 두 작품은
제가 말한
뼈대를 차용해서
만든 작품은 아닙니다.

구조를 기반으로
변화를 주면 다른 작품을
만들 수 있다는 예시로
봐주시길 바랍니다.

두 작품은
같은 재난물로 진행되지만,
캐릭터와 설정이 달라
부산행은 스릴러
타이타닉은 로맨스로

뚜렷하게 다른 작품으로
매력을 나타냅니다.

길을 알고 가는 것과
모르고 가는 것은
큰 차이가 있습니다.

뼈대는 우리가 끝까지
이야기를 진행할 수 있도록
도와주는 도구입니다.

뼈대를 알고 있다면,
우리가 할 일은 그저 누워서
우리가 원하는 이야기를
구상하는 것입니다.

새로운 캐릭터와 설정을
만들고, 걸맞은 에피소드
구상을 하는 것이죠.

아까도 말했지만,
100%로 똑같은
이야기가 나올 수는 없습니다.
다만, 우리가 여러 뼈대에
익숙해진다면,

어떤 장르나 컨셉의
이야기도 자유자재로
쓰거나 새로운 이야기를
과감하게
만들어 낼 수 있습니다.

많은 이야기들의 핵심을 알고 이야기를 바꾸는 기술.

잘 알아둔다면, 초보자라도 쉽고 빠르게 이야기를 부담 없이 다양하게 만들 수 있습니다.

와! 그러면 이 방법으로 여러 가지 이야기를 만들기 쉽겠군요!

이제 고민이 풀린 거 같아요! 감사합니다!

그렇지만, 절대적인 것은 없어요!

이 방법은 편하긴 하지만 치명적인 단점이 있어요!

166

히어로물의 변화를 보더라도 초기에는 초인적인 히어로에서 생활고에 허덕이고 고뇌하는 히어로들로 변화하다가 지금은 더욱더 다양한 형태의 히어로로 변하는 것을 알 수 있습니다.

슈퍼맨, 배트맨, 아이언맨

스파이더맨, X맨

앤트맨, 수어사이드 스쿼드

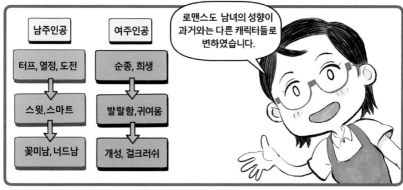

로맨스도 남녀의 성향이 과거와는 다른 캐릭터들로 변하였습니다.

남주인공	여주인공
터프, 열정, 도전	순종, 희생
스윗, 스마트	발랄함, 귀여움
꽃미남, 너드남	개성, 걸크러쉬

즉, 우리는 새로운 작품을 보러 가는 것이지만,

기대된다~

사실은 새로운 캐릭터들의 갈등과 대결을 보러 가는 것입니다.

아하! 그렇군요!

그렇다면 캐릭터를 특이하거나 개성 있게 만들면 되겠군요!

아니요. 재미는 캐릭터들이 새롭다고 나오는 것이 아닙니다.

에? 그럼?

재미는 바로 '캐릭터와 구조의 대립'에서 나옵니다.

네엥?
캐릭터와 구조의 대립에서
나온다고요?!

마치 둘이 싸운다고
하는 것처럼 들리는데요
캐릭터는 구조를
따라가는 존재가 아닌가요?

생각해 보세요.
정해진 운명이 있어서
그대로 살아가는
캐릭터가 매력이 있을까요?

그런 이야기를
보고 싶을까요?

아. 그러고 보니,
재미없겠네요.

스토리에 구조는 있지만, 캐릭터는 그 구조에서 벗어나려 하거나 몸부림쳐야 하는 존재입니다.

나랑 같이 가야지 스토리를 끝내지!

난 뛰쳐나갈 거야! 얽매이기 싫어!

가만히 있는 캐릭터는 생명력이 없습니다.

그리고, 구조에 질질 끌려다니는 캐릭터는 더욱더 매력이 없죠.

놔줘! 놔주라고!

질질질~

가자! 넌 내 뜻대로 가야 해!

독자들은 정해진 운명과 상황에서 그 캐릭터의 독특한 개성으로

문제를 해결하려는 몸부림을 보고 싶어하는 것입니다.

꽝!

무난하고 뻔한 작품

재미있는 작품

그럼요!
매우 중요하죠.
캐릭터가 어떤 성향을
갖고 있느냐에 따라

문제를 보는 방식과
해결하는 방식이 다릅니다.
이것은 스토리의 진행에
매우 영향을 끼치는 요소입니다.
그리고 캐릭터의 성향이 다를수록
갈등과 재미가 있습니다.

아. 듣고 보니 그렇네요.
캐릭터의 각 성향이
중요하겠네요.

그럼. MBTI 같은
테스트로 캐릭터를
설정하면 되겠네요.

오! 맞아요!
MBTI는 사람들의 성향을
어느 정도 유추해서
캐릭터를 만들 수 있는
좋은 도구이죠.

네. MBTI가 편하신 분은 MBTI로 쓰셔도 되고요.

하지만, 저 같은 경우는 '에니어그램'을 이용해 캐릭터의 성향을 정합니다.

Enneagram

Enneagram

엥? 에니어그램이요? MBTI랑 다른건가요?

성격유형 뿐만 아니라, 심리학적으로 캐릭터를 설정할 수 있기 때문에 에니어그램을 사용하는 편입니다.

일단, 에니어그램을 간단히 설명하자면,

머리

가슴

장

애니어 그램에서는 사람을 '머리형', '가슴형', '장형' 3가지로 나눕니다.

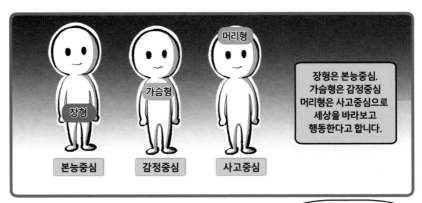

장형은 본능중심.
가슴형은 감정중심
머리형은 사고중심으로
세상을 바라보고
행동한다고 합니다.

본능중심   감정중심   사고중심

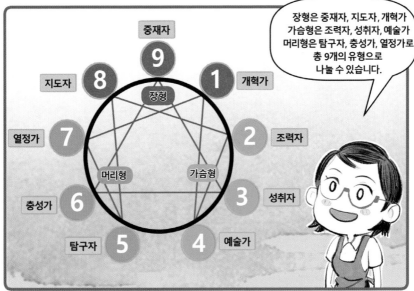

장형은 중재자, 지도자, 개혁가
가슴형은 조력자, 성취자, 예술가
머리형은 탐구자, 충성가, 열정가로
총 9개의 유형으로
나눌 수 있습니다.

그럼 각각의 유형들의
간단한 특징만
같이 알아보도록 할게요.

먼저, 장형부터
시작해 보겠습니다.

177

8번 지도자 유형
보스 스타일이라고 볼 수 있습니다.
장점 : 권위가 있고 리더쉽과 의리가 있음
단점 : 참을성이 없고 단호하다.
외모는 단단한 운동선수형으로
리더나 보스역할 캐릭터가 많습니다.

9번 중재자 유형
평화와 편안함을 중시하는 스타일입니다.
장점 : 인내심과 포용력이 있고 화합 능력이 우수
단점 : 갈등을 피하려고 하거나 게으름
외모는 편안한 느낌의 소유자이며,
주로 스승이나 협상가 캐릭터로 쓰입니다.

1번 개혁가 유형
원칙을 준수하며 완벽주의 스타일입니다.
장점 : 공정하고 객관적이고 윤리와 도덕적
단점 : 비판적이고 엄격함
외모는 날카롭고 굳은 의지를 가진 스타일이며,
정의감이 넘치는 캐릭터로 자주 쓰입니다.

2번 조력자 유형
타인에게 도움을 베푸는 스타일입니다.
장점 : 공감력과 이타심
단점 : 희생
외모는 자애로운 스타일이며
헌신적인 캐릭터로 주로 등장합니다.

3번 성취자 유형
성공을 향해서 달리는 스타일입니다.
장점 : 능력과 자신감
단점 : 경쟁심과 속임수
외모는 수려하면서 스마트하며
수단과 방법을 가리지 않는 캐릭터로 표현됩니다.

4번 예술가 유형
틀에 얽매이지 않고 로맨티스트 예술가 타입입니다.
장점 : 자유롭고 직관적이고 창조적
단점 : 민감, 감정기복
외모는 신비적이고 매력적이며,
자유분방한 캐릭터로 주로 쓰입니다.

5번 탐구자 유형
연구자 및 지식인 스타일
장점 : 관찰적이고 통찰력 분석력이 강함
단점 : 은둔, 인색함
외모는 지적이며 주로 교수나 박사,
천재 같은 캐릭터로 나옵니다.

6번 충성자 유형
매뉴얼과 규칙을 준수하는 공무원 스타일
장점 : 책임감과 소속, 눈치 빠름
단점 : 안전주의, 두려움
외모는 성실한 스타일이며, 회사원 같은
캐릭터의 느낌으로 자주 표현됩니다.

7번 열정가 유형
모험을 즐기고 다양한 경험을 즐기는 스타일
장점 : 에너지 넘치고 활동적임 다재다능
단점 : 싫증을 잘 내고 고통을 회피
외모는 활발하고 유쾌한 스타일이며,
분위기 메이커 같은 캐릭터가 많습니다.

이야기를 쓰다 보면 알겠지만, 캐릭터들이 확실히 구축되면, 이야기를 캐릭터들이 알아서 끌고 가게 되는 신비로운 현상을 볼 수 있습니다.

작가님~ 제가 알아서 모시겠습니다.

작가는 그 캐릭터들의 행동을 그대로 따라가기만 합니다.

하지만 캐릭터를 그대로 둔다면, 구조 밖으로 나갈 수가 있습니다. 작가는 그럴 때마다 뼈대(구조) 안으로 다시 들어올 수 있도록 해야 합니다.

이야기는 길을 잃지 않음과 동시에 톡톡 튀는 생명력을 얻을 수 있습니다.

잘 노는것은 좋은데, 여기까지는 넘었지마!

다시 들어가!

자 어떻습니까?
캐릭터에 대한 의미가 새롭게 다가오지 않으세요?

182

네. 막연히 캐릭터는
그냥 인물이라고만 생각했는데,
이렇게 보니,
더 깊게 생각을 해보게 됩니다.

네. 작가들은 새로운 작품을 만들려고
특별한 설정이나 새로운 특징을
만들어 주려고 노력은 하지만,
캐릭터의 가장 기본적인 요소들을
먼저 구축하는 것에는 소홀하기 쉽습니다.

매력적인 캐릭터를 만든다고
생각하지 말고 실제인물이라고
생각하고 만들어야.
매력 있는 캐릭터가 됩니다.
그런 진정성이 있어야
독자들이나 관객들이 캐릭터에
몰입을 할 수 있습니다.

거의 다 왔으니,이제는
마지막으로 기획성에 대해 알아보고
저의 스토리 수업을 마칠까 합니다.

아. 네...
넵.

183

타겟

TAGET

다음은 타겟입니다.
타겟은 내 작품을 보는
소비층을 말하는 것입니다.
내 작품을 어떤 성별, 연령대가
보는지를 파악하고 작성합니다.

주로 액션장르는 남성, 로맨스는
여성 독자나 관객층이 많습니다.

로맨스 10~30대 여성 선호

액션 10~30대 남성 선호

공포물은 10~20대가 선호,
드라마는 30~40대가 선호하는
편입니다.

정확한 경계는 없지만,
자신의 작품이 어떤 독자들에게
어필할지 잘 작성하면 됩니다.

기획의도

PROJECT

이번 차례는 기획의도입니다.

작가님들이 가장 쓰기 어렵다는 기획의도입니다.

간단히 말해서, 작품을 왜 만들었냐에 대한 대답을 쓰시면 됩니다.

로그라인에는 담지 못한 전반적인 작품에 대한 컨셉과 느낌, 독자와 관객들에게 전달하고 싶은 작품의 방향성에 대한 소개라고 볼 수 있습니다.

주제의식이나 시대적 상황이 반영될 수도 있고, 작가의 가치관이 반영될 수도 있습니다.

작가의 가치관 시대적 상황 방향성 주제의식

그리고 등장인물 및 관계도입니다.

등장인물은 캐릭터의 특징과 역할을 적어주는 게 중요합니다.

나이
이름
성격
특기
능력

또, 등장인물 소개를 통해 작품의 내용과 방향성에 대해 짐작할 수 있습니다.

그리고 이해를 돕기 위해 관계도 작성해 주면 좋습니다.

인물관계도

우호

동료

자매

친분

부녀

남매

부녀

사제지간

그리고,
간결하고 임펙트 있게
작성해 주시는 것도
잊지 마세요.

작품의
첫인상이니까요.

자, 여기까지가
제가 준비한
스토리에 대한 전부입니다.

아. 벌써요?
아... 아쉽네요.
뭔가 끝이라니...

작품은
'미완성'으로 멈추지 말고,
꼭 한 작품으로
'완성'
했으면 좋겠습니다.

아마, 창작 작품을 해보셔서
알겠지만, 아이디어가 확 떠오를 때,
하다가 중간에 시들시들해져서
포기하거나,

쓰다가 보니, 자신이 원하는 방식이
아니라고 그만두거나,
우리에게 이미 완성을
하지 못하고 남겨진 수많은
미완성 작품들이 많을 겁니다.

미완성 작품은
항상 가능성으로 남아있을 뿐
평가의 대상이 될 수 없습니다.

한 작품을 온전히 완성할 때만,
평가하고 발전할 수가 있습니다.
그래서 완성이 중요합니다.

작가는 주인공 관점 하나만 고집하면 안 됩니다. 다양한 의견과 상황을 생각해야 좋은 작품이 나올 수 있습니다.

다양한 독서와 미디어를 통해 꼭 연구해 보시길 바랍니다.

세 번째는 너무 뻔한 얘기일 수도 있는데 바로 '체력'입니다.

스토리를 쓰는 작업은 많은 에너지를 소비합니다.

또 창작작업을 하다 보면, 규칙적인 생활을 하기가 어렵습니다.

체력이 없으면, 연속적인 작업이 어렵고, 대충 마무리하려는 경향이 강해집니다.

또 작품은 작품대로 맘에 들지 않게 되고, 즐거워야 할 창작작업이 괴로운 일이 되기 쉽습니다.

운동은 꼭 틈틈히 해서 체력을 유지하시길 권유합니다.

체력이 곧 창작력!

제가 당부드리고 싶은 3가지입니다.

꼭 기억해 두고 실천하신다면 도움이 많이 될 것입니다.

일타!
스토리!

초판 1쇄 발행 2024년 09월 09일

글·그림 홍경원
펴낸이 류태연

펴낸곳 렛츠북
주소 서울시 영등포구 문래북로 116, 1005호
등록 2015년 05월 15일 제2018-000065호
전화 070-4786-4823 l **팩스** 070-7610-2823
홈페이지 http://www.letsbook21.co.kr l **이메일** letsbook2@naver.com
블로그 https://blog.naver.com/letsbook2 l **인스타그램** @letsbook2

ISBN 979-11-6054-723-8   03810

* 이 책은 저작권법에 따라 보호를 받는 저작물이므로 무단전재 및 복제를 금지하며,
  이 책 내용의 전부 및 일부를 이용하려면 반드시 저작권자와 도서출판 렛츠북의
  서면동의를 받아야 합니다.
* 잘못된 책은 구입하신 서점에서 바꾸어 드립니다.